玉城洋子
歌集

炎昼（マフックワ）

——辺野古叙事詩

コールサック社

炎昼（マフックワ）——辺野古叙事詩

目次

Ⅰ　辺野古叙事詩

人らに会はむ　11
民意の凪　14
野獣前線　16
闘ひのうた　20
悲しみの辺野古　24
カヌー隊　27
辺野古の海へ　30
返し凪　33
四万余の汗　36
沖縄の命　39
喜びの雨　43
詠ふほどに　46

II　命（ヌチ）どぅ宝

命どぅ宝　51
女神　55
非暴力の闘ひ　59
辺野古の太陽　62
ストリートライブ　64
さざめく海面　67
名護蘭　70
我した島　72

III　愛（かな）しきジュゴン

愛しきジュゴン　81
ジュゴン翁　84

君のふるさと　87
夢　91
生きのびて　93

IV

炎昼（マフックワ）

炎昼　99
憤怒の島　102
宮森　106
戦争が来る　110
殺人機　114
標的の村　117
不時着　122
死を選ぶかや　126

V 普天間包囲

普天間包囲 131
普天間どこへ 133
今日の鎖 135
声なく哭けり 138

VI 沖縄（シマ）の肝心（チムグクル）

島小の民主主義 143
復帰の日 146
つながる力 148
奥山戦場 151
基地中のコロナ禍 155
毒ガス移送 158

「青春返せ　沖縄返せ」　160
肝心（チムグクル）　162
署名活動　165
ＰＡＣ３　168
軍靴　172
郷友らの芯　174
蝶々　176

解説　鈴木比佐雄　180
あとがき　186
著者略歴　190

炎昼（マフックワ）

――辺野古叙事詩

玉城洋子歌集

I　辺野古叙事詩

人らに会はむ

辺野古の海山を死守する人らに会はむ黒糖持ちて高速に乗る

人の手や腕まで捥げるか特措法「辺野古」の海に集まる心

海に生き愛する人らが寄りて歌ふ辺野古に生れし「二見情話」

辺野古の海二見の山に囲まれ聞く沖縄戦の真相語り

ありえない辺野古沿岸がアメリカなんて愛する私の島小（＊シマーグワー）

＊謙遜して言う「沖縄人」の意

美しい日本の九月。辺野古の海に逮捕の報あり　日本かこの沖縄（しま）

4インとふ辺野古V字滑走路…止めてよ誰か　自殺が続く

民意の風

少しずつ沈む気配の新政権辺野古の海へ来るなよ荒波

軍事基地辺野古と幻グァムの島小さく貧しい南の果ての

辺野古ノー民意の風は日米に向きて基地はならぬと吹きし

それでまだ「ゼロベース」とは桜泣く国の本音は「辺野古」らし

野獣前線

摩天楼の笑顔と饒舌のその後は辺野古に来てはならぬ二人

中国に足を取られてアメリカの風呼ぶひとつ「辺野古基地」表明

来県の首相外相「辺野古ありき」三角野郎の飄風夜話

泥まみれ米基地まみれの沖縄を踏んづけていまだ「辺野古ありき」

チュニジアより広がる専制（せんせい）政治抵抗のデモ　沖縄が聞く辺野古が見ている

この秋の野獣前線おそろしや島に為政者の狙ひ討つ辺野古

緋桜の咲く夜月の清ら照る辺野古の海に投げられしアセス*

*辺野古アセス（普天間飛行場施設に係わる環境影響評価）

従はずば殺すとばかり打ち切りし辺野古振興策「500億」の夢

風は凪ぎ辺野古の海のブイの音耳底深く悲しみて聞く

闘ひのうた

行かねばと雲を怪しみつつ着きしゲート前の「辺野古埋立反対」

戦場の音して土の運ばるるブイ運ばるる辺野古埋め立て

ちゅら海を異国の基地に戦場にするな辺野古を赤土埋めるな

十八年辺野古守ると卒寿はもう近くと云ふに　海遠くなる

鎌首の歌誌「くれない」が問ひただす新基地作るな辺野古三三一首

南国の秋太陽（ティーダ）青く射す九月辺野古の海鳴り遠鳴りて聞く

大き声小さき声もさまざまに声なき声も届けやう　辺野古へ

「闘ひのうた」を歌へば空を吹く風は辺野古の海を渡り来

十代のあなたの声が聞こえ来て辺野古「ナンセンス」唱へてみたり

クリスマス諸人挙りてガッ*ティンナラン「辺野古埋立絶対反対」

*合点がいかない

悲しみの辺野古

悲しみの辺野古の海にも向かひて燃ゆる今年春のクワディーサー*は

*ももたまな

人だから人間らしくゆかむ未来辺野古へ向かふ槍は降らうが

スガさんが「辺野古は終わった」答弁に日本逆さま語駆け巡る辞書

この春の辺野古の海の悲しさや無視と強硬の荒波の寄す

流血とか躰を張るとか民衆の息詰まる話　辺野古の春は

青空が揺れて降るやもアメとムチ辺野古上り坂ヘリの音する

雀っ子(クルムリヤー)　海越え山越えさへづり来る「辺野古新基地工事中断」

故郷を忘れし君のエトランゼ闘ふ辺野古を眼前にして

カヌー隊

「銃剣とブルドーザー」の負の歴史邪悪の戦末だ「辺野古」は

「春でぇむん」[*]子らの唱ふる教科書の詩を逆撫でる辺野古埋め立て

*照屋林賢の詩

うりずんの雨はどどっとやって来て「辺野古カヌー隊」今朝逮捕とふ

「辺野古」の朝拘束逮捕の液状化カヌー隊目取真俊の8時間

日米の目には見えぬ弾圧をここに匂はす「辺野古」の逮捕

「故国への愛」とふピカソが重なりぬ辺野古カヌー隊芥川賞作家

辺野古の海へ

騙されぬもう騙されぬレッドフロート夏を摑んだ辺野古ブルー

そこそこにフロート、ブイが引き下がる　ゴールデンウィーク辺野古へ行かう

沖縄の勝利の夏の真白にて進み行きます　辺野古の海へ

沖縄のアイデンティティへ動き出す大和の抒情が辺野古の海へ

冷徹なる国に傾く裁判か訴訟「辺野古」の民意よさやげ

ご先祖も再び降り来て盆明けの8月19日「辺野古」裁判

返し風

号外は「辺野古訴訟県敗訴」心乱れて風に千切れて

島人の抵抗沈めむトン級のブロックが辺野古の浜を覆ひぬ

魂ぐみ（マブイグミ）されて黄蝶の還り来る父よ娘よ辺野古の朝よ

民の目の隠されてゐる辺野古工事ねじ曲げねじ伏せ　国権といふは

美しき海辺に歌ひ語らひし追憶ありて悔しき辺野古

春一番北に吹くとふ返し風（ケーシカジ）吹くやも今日の辺野古の海は

潮風が自由な風が辺野古の海に吹きてよさうよオーラの霊気

辺野古の海違法工事を許すまじ国民欺く公文書改ざん

四万余の汗

辺野古への道を咲き次ぐ伊集の花白き肌（はだへ）を雨が濡らしぬ

忘れまじ。皆で叫んだ「辺野古阻止」6・23明日がまた来る

四万余の汗は地の糧絆の底に辺野古の海は豊けく青く

「嬉しいね　もう死んでも」と言はないで　残す辺野古の美しき海がある

集ひ来て屈せぬ笑顔と手を取りて辺野古テントのベンチに座しぬ

行く道の傍らピンクに燃えて迎ふトックリキワタの辺野古山の辺

私の座り込む後ろは弾薬庫辺野古もいつかの古里の色

いつも思ふ誰かが短歌に詠んでゐる辺野古の海を帰りの車中で

沖縄の命

4・28屈辱の日

思ひみる4・28、27度線泳ぎ越えし少年らの夢

1951年サンフランシスコ講和条約で沖縄は日本から切り離された

雑ぜっ返す4・28トカゲのシッポ青き海原辺野古の短歌(うた)は

挫折あり悔やみあれどアイデンティティー辺野古は変はらぬ青さの海で

春なのに風は北に変はりて吹き来亡父が呼びてか辺野古呼びてか

集ひ来て押しとどめむと辺野古詠へばメディアもついて来たか我が家まで

影響と呼ぶなよ政治より強きアイデンティティーの辺野古の海を

弧を描き悲しみ描き辺野古の海の守り来し命　沖縄の命

命（ぬち）といふ青き尊き色なして迎ふる辺野古に喜び向かふ

砂利トラを止めん海を守らん辺野古朝の顔顔に兆せる決意

屈辱に耐へて逝きし先達に誇れる今を守りたき辺野古

喜びの雨

だまし討つ辺野古の海に甦る沖縄地上戦近づく六月

能面の如き首相のカンバセはやがて角など毒牙も生え来む

横断幕揺らす風あり「辺野古基地阻止」を強く強く結べり

目の芯を語った辺野古テント村強かりし目の芯だけだった知事

雨が降る大雨が降る辺野古の海守らむ人らに豊か雨降る

久々に手を取り喜び雨よ降れ人らよ集へ辺野古の海に

悔し雨怒りの雨が喜びの雨に変はる日辺野古に訝す

詠ふほどに

災害に天災人災悲しかど心求めむ基地を防がむ

詠ふほど悲しき「コロナ」辺野古の海を不法で埋める日米とふ国は

２０２１年11月6日、松野博一官房長官新大臣とデニー知事との会見

二十五年「辺野古反対」新北風(ミーニシ)も立冬の雨も大臣椅子(いす)を揺すりぬ

ニッポンのアメリカ傘下戦争は大臣の「唯一」*耳底に残しぬ

＊首相や大臣の「辺野古唯一」日米安保体制

Ⅱ　命(ヌチ)どぅ宝

命どぅ宝

「命どぅ宝」寄り来て集ひて拳上ぐヘリ墜落の暗き現場に

ブイを打つ辺野古の海面に風立ちて「命どぅ宝」と体揺すりぬ

沖縄の誰が幸せになるといふの辺野古のブイの忙しく動く

日本の祈りの8月15日戦の新基地杭打つ辺野古…か

カチャーシー踊つてゐたい島小(シマーグワー)私にマグマの噴き来る　辺野古

吾の辺野古君の福島ハモって詠ふ日本人の島のアイデンティティー

辺野古ノー福島原発ノーを民意あるやさしきノーを次世代へ継ぐ

秋風に乗りて若きらやって来た辺野古に平和の声を響かせ

そーだよ！われらいまや皆兄弟姉妹（きょうだい）辺野古に戦争寄せてはならぬ

語り繋ぐことの我らの島の命辺野古の青き海島のアイデンティティー

女神

辺野古の海亜熱帯のふるさとはイジュの花咲くうりずんの島

耳さとくささげ持ちて辺野古への祈りとなさむ女神(をなりがみ)われら

愛しきは辺野古の海よ女神らの祈る古へ　エーファイエーファイ

をなりらの祈りの声は夜の明けの辺野古の海に谺してゆく

うりずんの風に乗って「辺野古へ行かう」路上ライブのギター三線（サンシン）

雨の日の辺野古に立てば温かき心の出迎へ北を南を

ギター持ち若きジュピターやって来たワクワクドキドキ「辺野古へ行かう」

呼べば早冴す朝のスタンディング阿波根交差点　「辺野古埋めるな」

島唄のメロディー「赤田首里殿内（アカタスンドゥンチ）」ギター三線（サンシン）辺野古へのうた

島唄を歌ふ風情の雨中を心揺らして過ぐる辺野古坂

非暴力の闘ひ

マララちゃんの心意気に勇気得てみんな辺野古へ向かひます

「不屈」とふ魂込められ辺野古の海の藍の色の輝きは増す

島訛りマイクを握る島々の辺野古のあいさつ「今日拝なびら（チューウガナビラ）」

県外も海外もゐる辺野古守る人らの声の春待つ雑草（あらくさ）

島人（シマンチュ）が唄ふ青き辺野古の海　武器などいらぬ基地などいらぬ

雪国の人らが耐へて生きる日々辺野古に耐へて共に生きゆかむ

雪国に多力男の神あらば南はをなりの辺野古守る神

神ならぬ人間私らに出来る事非暴力の辺野古の闘ひ

辺野古の太陽

一千余の詠草持ちて辺野古の今語らむと降りし東京日比谷

追悼の言葉で詰まってスピーチは辺野古の怒り未だも届かず

伊集の花白く咲き初む東北を思ひ出しをり辺野古の友と

嵐去り辺野古の海の珊瑚の海の柔く明るく澄みてやあらむ

雷鳥に邑子*になって仕舞ふ時　女性は辺野古の太陽である

*歌人桃原邑子

ストリートライブ

うっすらと桜咲きしと伝へ来る北に嫁ぎし従姉妹の京子

火曜日の朝はストリートライブにて「辺野古反対埋め立て反対」

蝶が来てシャネルを浴びて去りてゆく小庭に陽が射す明日は辺野古

ゴボウ抜きされる前に投げ出した白大根のやや太き足

子や孫の為にと不屈に闘へる抗ひと言ふ名の辺野古新基地

転げゆく日本の今を止めなきやあ辺野古のおばあの語る戦

戦時下も戦後も人らは夢抱き三線(サンシン)など弾く生活(くらし)の歴史

「辺野古」負ふ島の歴史を未来へ繋ぐさうよわれらの沖縄だもの

さざめく海面

八月のＧｏ Ｔｏトラベル辺野古海の土砂もコロナも強行の炎昼(マフックワ)

辺野古海がアメリカだなんて誰が決めたの海は沖縄(シマ)のアイデンティティー

青芝の広きをひらひら基地兵士刺してコロナは逃げたか　アメリカ本国へ

憎しみに怒りに纏はる軍事基地刺されたコロナ島に流すな

コロナ禍に独裁目指すリーダー世界　命守るが主なれるに

記憶とふものは意外と鮮明でイラク・湾岸へタッチアンドゴー

辺野古にも飛んで行きしか新コロナ怒りの声かさざめく海面

名護蘭

名護蘭が名護の森深く待ちてゐぬ小花紅花会ひに行かうよ

「辺野古」への反対ならば交付金削減とふ堂々差別にかかる

負けるな名護蘭子が見てをりぬ僕の将来戦基地にするな

真実を胸に生きて強くあれ名護蘭やさしき＊名護親方（ナグウエーカタ）の子孫（ウマゴ）

＊程順則（１６６３〜１７３４）中国に学び、『六諭衍義』を著した。

我した島

あの人もこの人も死して　息子と会ひしは「辺野古反対」二十六年目

テント小屋の前に立ちてあなたの父はいつでも辺野古の海見つめていた

ＮＯ ＮＯ ＮＯ 辺野古埋立 ＮＯ ＮＯ ＮＯ 沖縄東京声合はせよ ＮＯ！

泣きてなどいられぬ我ら「辺野古反対」寒き朝を八十路が走る

ウクライナの抗議行進沖縄の辺野古反対渦中にありて

しゃあしゃあと「辺野古容認」とふ人よ「マタン　イクサ」　詠へ吾の恨み節

海鳴りて六月の風廻（カジマーイ）りらし七十七年二十四万余の悲哭

群蝶となりて集ふ辺野古の海をやがて二十四万の御霊の叫び

座り込み、ゴボウヌキも悲歌となり「辺野古」は続く我した島（ワシタシマ）

強かに詠ひ強かに闘ふ意思喪はず「辺野古」心は広らに

「島小（シマーグワー）」未だ差別の中にいる門前払いの「辺野古」敗訴

一片の理性さへも傾けぬ「辺野古訴訟」五度目の敗訴

辺野古新基地建設を巡る最高裁判決

子供でも門前払ひは分かる論理三権分立と習ひし子等は

サイテイサイ不条理鳴らす鉦の音は辺野古の海山を谺してゐぬ

二十七年闘ひ続くる辺野古海弱り目祟り目ゴボウヌキの夏日

食ひしばる歯も少なくなれど再びを起こしてならぬ戦場の惨

座り込む辺野古反対の裏山で振興策は揺すぶり続く

国家といふ大嘘つきに向き合ひて辺野古を守る家族の笑まひ

キャンドルを灯し守る辺野古海これら家族の笑みの美しきを

III

愛(かな)しきジュゴン

愛しきジュゴン

藍透ける海は愛（かな）しきジュゴン棲む人世の愚行神は許さじ

ジュゴンなど殺して沈めて辺野古の海の本土防衛海底ブロック

みんな皆逝きし人らは巨大なるジュゴンとなりて辺野古に現る

リーフには巨大ジュゴン逝きし人らの辺野古の神となり給ふかな

その手ビレ両目は平島長島か辺野古海のジュゴン巨体浪

手を引けとジュゴンの神の現れて辺野古埋め立てリーフを阻む

新北風(ミーニシ)の吹き荒みおらぬかジュゴンの海は守る選挙の火ぶた切らるる

ジュゴン翁

海底に古酒を沈めてジュゴン祝ふ清ら海（チュラウミ）清ら島（チュラシマ）その日の乾杯

「沿岸」のジュゴンと涙分かつ日の「基地建設」とふ花冷ゆる夕

*祐治さんのジュゴン顔のやさしさを慕ひて囲みし写真愛し

*故・金城祐治

新世紀も基地建設とふ抗ひしジュゴン翁の逝く辺野古村

七人の老が手渡す美しきジュゴンの海の明けて輝け

ジュゴン親子の環境裁判勝訴の夢今日の社説が叶ひくれたり

空中の鞘当て「移設」ジュゴンの声も聞こえぬふりの米空母来る

君のふるさと

ウミガメよジュゴンよ優しき人らが守る辺野古の海は君のふるさと

「辺野古」へ来るアメリカ型のブーメラン島には美しきジュゴンの話が

その昔人魚と漁師の約束小（ヤクスクグワァー）辺野古海原恋風夜風

南城（ナングスク）桜咲いたといふ便り辺野古にジュゴンは来たのだらうか

舵を切れ青き海原ジュゴン棲む島人（シマンチュ）我ら「デアルワケサー」*

*そうなんですよ

愛されて平和な方へ行きたしとジュゴンも私も思ふ　基地の島

母たちはサンゴもジュゴンも基地反対赤子育てる沖縄（シマ）の海原

ありったけの命の声が届かない青澄む海のジュゴン哀しや

春なのに辺野古の里は春なのにどっと押し寄す人間火花

夢

その昔人魚となりて若きらと遊び伝へしジュゴンの祭り

その昔ジュゴンは海の人気者人魚になった恋人だった

幼らのジュゴンと遊ぶ夢かなしうからららがうたふ命のうたの

ヤンバルに「世界遺産」輝く朝　ジュゴンが跳ねる　世界の宝物

生きのびて

今朝を唄ふ〜ジュゴンの海は宝物〜夢に出で来しジュゴン親族(うから)

ジュゴンの子は生きてゐた遠き宮古池間の海を

母親が死んで二人子如何にして泥沼の中を生き越して来しや

今帰仁の浜に着きし母親は*をなり神なり祈りて逝きし

*家族を救う女神

ジュゴンの糞ＤＮＡ検出みごとＯＫ宮古島伊良部佐和田の海底（うみ）で

生きのびて生きのびてジュゴンいつの日かきっと辺野古の海に還らう

藻を求め餌を求めて　南の海へ向かひしなジュゴン逞し

Ⅳ

炎昼（マフックワ）

炎昼

炎昼(マフックワ)の島を揺るがす「ヘリ墜落」人もメディアも抗議の渦に

「ヘリ墜落」あゝこの階段は中三の私が叫んだジェット事故の悪夢

宮森の墜落事故を見た十五の少女の胸に悪夢が下りる

放射能の薬物使用のおほはれてヘリ墜落のブルーシート

友人に会へたひとつを喜びに帰らう炎昼八月十三日

島の太陽輝け辺野古の海へと繋ぐ五人の結ぶ固き絆を

向日葵の八月空の崩れゆく被爆・墜落・豪雨の日本

数ふれば十指に余る墜落事故少女を潰した米軍トレーダー

憤怒の島

「ヘリ墜落」日本に生まれて良かったか沖縄中に吹く憤怒の嵐

今抗議せねば殺されるやも知れず手をつなぎゆくヘリ墜落現場

アラマンダの花咲く八月ヘリ墜落に怒る地位協定に愚か約束

ヘリ墜落怒る心で燃えむかと桃原邑子の短歌が聞こえる

沖縄は日本ですかヘリ墜落に返し風（ケーシカジ）吹く島の九月（ながつき）

神の声と思ひて聞きぬ「ヘリ墜落」抗議に未来を語れる子らに

噴き出して土より怒り伝へゐる「ヘリ墜落」に彼岸花の群

人々の怒り悲しみ傘に手に「ヘリ墜落」へグラウンドのうねり

ヘリ墜落動画の中は米兵だらけ疎らな客席にヘリ落ち来ぬか

悔しさや積怒の島となりはてて未来問はるるヘリ機墜落

宮森

6・30[*] ノリコもマサユキも安らかに基地無き島にきっとするから

＊1959年6月30日　宮森ジェット機事故

「良く無事で」ジェット機事故時の一年生でしたと語る上間先生

吾は聞きしあのジェット機の轟音を頭上を掠めし朝の階段

「宮森」は歌が上手絵が上手安田、恒雄の教師らのゐて

「ひまわり」は死んだあの子の好きな花「仲良し地蔵」を囲み開きぬ

釣鐘の平和の音を響かせて忘れまいぞと生徒（こ）らの眼が

亡き母が折りし千羽鶴捧げやう故郷哀し「ジェット機」の跡

「ジェット機が吾の上飛んで落ちました」宮城の人にも伝へん基地の島

「ジェット機」の傷み語れば胸の中を叫ぶ自死したあの人の影

戦争が来る

空からのミサイル、オスプレイ地下からの不発弾　島に戦争が来る

とつ国を落下せし欠陥オスプレイ沖縄（シマ）に配備とふまさかの狂気

六月の祈りの島を跨ぎ来るオスプレイ無骨な両翼鋼

あの時の洋画のやうにやって来てオスプレイ殺人また犯すといふか

黒こげの赤木が空を指す辺りヘリ墜落の恐怖が戻る

月桃の赤く成る頃アメリカの欠陥機オスプレイ島に来るとふ

獅子（シーサー）も降り来よ*リチャヨウシチリティ欠陥機オスプレイ許さぬ集ひ

*さあー連れだって

「オスプレイ配備を問う」その上を国内初飛行と見出しは躍る

もう何度も落ちましたネ死の影の近づくオスプレイ　怯ゆる島に

殺人機

蝶の来て夜鳴き鶯夜泣き石殺人機オスプレイ疼（ひひ）らく島の夜

オスプレイ襲ひ来たらしアメリカの要基地なるハヂチ[*]の島を

*沖縄の女性がほどこした伝統的な手の入れ墨

オスプレイ低周波音の聞こえ来るアメリカ基地の西海岸より

台風サラ台風ベラの猛威の夏　また来るオスプレイ日米とふ国より

荒む日々心の闇をも迷走す欠陥機オスプレイこの夏の猛暑

オスプレイ夏夜の空を行く時の迷ひし銀河か傷心の群

清ら島(チュラシマ)の音色かき消すオスプレイ10・10空襲慰霊祭の頭上(うえ)

標的の村

薄穂の中を雑草音立てて高江の村を伝へ来る北新風（ミーニシ）

標的の村とはなりて高江の子母諸共に繋がれて行く

つり下げたキャタピラ・重機高江の森へ自衛隊ヘリは迷彩色です

「聞かぬなら」高江の森を国君が資材空からヘリで押し込む

「売国奴」ヘイトスピーチ東京が高江の森までやって来て　クソッ！

悲しみは捨てられし沖縄高江の森を地上戦がまた始まるやうな

あの時の「原地人」発言顔もたげ「土人」と呼ばする高江の森を

機動隊が抗議の市民に「土人」とはあまりに悲しゑ若きその顔

捨てられし地上戦の悲しみが辺野古へ高江へはるか空から

ここがその「土人」発言の金網と捩りて登る木々など摑み

空からの物吊り首つりオスプレイ高江の森の戦争(イクサ)訓練

東村高江の米軍ヘリパッド抗議の中の辛淑玉（シンスゴ）さんゐて

闘ふ人在日韓国の辛さんが差別許さぬ勇気をくれた

うりずんの雨を孕みし高江の森を蝶はひたすら光なして飛ぶ

不時着

これでもかこれでもかとや咲き乱るオスプレイ落つるを見よとやダチュラ

悔しさが心に肌に刺さり来る叫びしその日のオスプレイ墜落

三日後の小春日和のあとでしたオスプレイ落ちた生きゐる海に

「不時着と言へ」日米同盟国は「墜落」認めぬオスプレイ落下

「沖縄の歴史は知らぬ」と若者は「土人」と呼びしな　日本の歴史

座り込む私の背後は弾薬庫オスプレイプロペラ上げて降り来る

オスプレイ島の命を脅かす声を上げねば　欠陥機はまた墜ちる

ぶきっちょに音立てて飛ぶオスプレイ世界の平和を壊す不気味さ

復帰前復帰以後も変はらずて軍基地居座りオスプレイ飛ぶ

米寿(トーカチ)迎ふ文子さんの抗ひは沖縄地上戦　米軍基地オスプレイ

銀合歓のま白く咲き初む初秋(あき)の空憎っくき怪鳥オスプレイが来る

死を選ぶかや

沖縄人（シマンチュ）の反対許さず「オスプレイ」２０１２年の普天間配備

オスプレイ飛行反対の短歌（うた）詠ひ続けば悲し頭（づ）を掻きむしる

辺野古海の沿岸に墜落せしオスプレイ大破後の民のトラウマ

名護市安部の民家沿ひに墜ちしオスプレイ破片散らばるＭＶ22

２０２３・11・29　午後４時頃　オスプレイＣＶ22屋久島南海上で墜落

オスプレイＣＶ22墜落８の人命消えし暗き海底に

墜落死若き兵士の夢何処戦の為に身を投げ打ちて
オスプレイ未亡人製造機と揶揄されて未だ死を選ぶかや愚かにも

V

普天間包囲

普天間包囲

普天間包囲サケブオラブオツルあめナガキナガキキチトノクラシ

普天間の基地にゲートに三線(サンシン)の鳴り出だす朝(あした)　オキナワンエレジー

弾き鳴らす三線の音は根風（ニーカジ）の形相してゐぬ　普天間囲め

米軍基地普天間囲みさあ歌へオキナワカエセイノチヲカエセ

少なけりゃ小さけりゃ辺野古がいい　大基地普天間移す不条理

普天間どこへ

華麗なる小泉劇場のタップダンス「普天間」置き去る激情の中

知るだけで変はらぬ沖縄「普天間基地」持ち上げてみやうか9・29

たんたんと「基地」は語られ秋雨の中をひとり普天間はあり

沖縄の普天間どこへ秋深みゐる海は新種の貝・蝦の出でたり

今日の鎖

人が燃え揺れた4月25日イエローカード普天間の基地

「普天間」を巡る日日痛む目を庭に移せばランタナの満つ

地をもじり咲ける花あり訴へて詠んで「普天間」の基地を飛ばさむ

「普天間」の滑走路地下に眠る君屍と手を取る今日の鎖

宇宙船「2プラス2」号また来るとふ荒波寄する普天間移設

評価書に後出しじゃんけんポンと来て「普天間」辺野古に移すとふ夜叉

声なく哭けり

世界一危険と呼ばれ謳はれて、普天間置き去りの　あゝ金縛り

オスプレイ佐賀県民も嫌だといひ故郷普天間に帰れと追はれ

「アメとムチ」沖縄騙した76年友が送りし新聞社説

もう来るな、誰も来るなと普天間が辺野古の海が声なく哭けり

Ⅵ

沖縄（シマ）の肝心（チムグクル）

島小の民主主義

1968年沖縄に初めて投票権

投票権得しは23歳の春でした東京オリンピック終はってゐた

あれからも10年過ぎたネ輝子とも座り込んだ辺野古の浜は

しとど降る雨の中を急ぎ行く「辺野古」止める今朝のスタンディング

国策に正面切った大げんか島小(シマーグワー)らの民主主義です

沖縄を辺野古の阻止を国政に送る非日常明日また続く

スクラムを組む嬉しさを拳上ぐるイギリスの少女はまう知っていた
地球温暖化対策を訴える16歳の少女　国連へ

二十余年辺野古詠って仲間らとアイデンティティ私の誕生日近し

重ね来し齢愛しき人間とふ生き抜く意志の固くあらむ　今

復帰の日

近づける台風一号日は射さぬ復帰48年5月15日

復帰48年

主席から知事への歴史瞬間を屋良朝苗に託せし「日本復帰」

甕にさす月桃白し「密約」も「屈辱」も孕み今日復帰の日

復帰の日は朝から土砂降り還らざる基地と対峙の新たな闘争

つながる力

同国に生まれ北だ南だとコロナは許さぬ　手洗ひたまへ足洗ひたまへ

「コロナウイルス」静まる朝を「辺野古再開」命の屈辱　許せぬ…

遠く愛媛岡山から辺野古への「つながる力」パンフが届く

あゆみさん、悦子さんは県外から辺野古を守る女神のジュゴン

悲しかど「コロナ」の中を急ぎ行く「辺野古」死守の仲間の元へ

私のキチキチバッタを[*]「抒情を侵す」とまだまだ叱責欲しかった

＊「チキチキバッタ」を揶った歌友たち

悲しみも苦しみも抱へつつ糸満集ひは　いつもいつも賑やか

フィナーレをアカナー・常子と三線（サンシン）で歌へば反基地辺野古の風が吹く

奥山戦場

SACO合意から25年

納得のできぬ私日米「SACO*」まう二十五年も経てしまひしか

*日米両政府による「沖縄に関する特別委員会」

「SACO」の基地撤去・基地軽減とふ嘘で固めた高江のヘリパッド

高江には六つヘリパッドが建設された

吊り下げてヘリはタンクをフォークリフトを米兵訓練　奥山戦場

アメリカが「命どう宝（ヌチドゥタカラ）」の島に来て人殺し訓練　カラスもゲキ鳴き

おきなわは「インターナショナル・カジマヤー*」戦争の交差点などにはするな

*国際的文化の交差点　女性史研究家宮城栄昌氏の言葉

南から北からの文化結ばるるこの島に戦仕掛けさするな国は

ジュネーブの国連欧州本部にてガマフヤー・具志堅隆松氏国連で訴え

*バサージンも似合ひてガマフヤーが訴へる「琉球の戦場」絶対ＮＯ

*芭蕉布

還らざる米軍基地の中の沖縄（シマ）対岸の火事などでないウクライナ

本土並み抑止力などウソッパチ亜米利加戦争は嘉手納から飛んだ

諦めぬ沖縄（シマ）の米基地還るまで子孫に残さぬ戦の苦しみ

基地中のコロナ禍

米基地に翻弄されて七十六年イクサも「コロナ」も共生せよとよ

沖縄（シマ）に来し貧しき米兵島人と共に国の餌食となりて

『*オキナワの少年』時代に還すか日本七十六年　祖先譲りの武器持たぬ島を

*芥川賞作家東峰夫著

提言の「移動停止」を受け止めよ岸田首相の「聞く耳」ちぎれぬうちに

オミクロン株が米軍基地にクラスター発生。デニー知事は、兵士の「移動停止」を提言

これも又「日米地位協定」と言ふのだから闇の基地中のコロナ禍で

コロナ禍に廃屋照らす満月の香炉（コール）のみの戦後七十余年

毒ガス移送

１９６９年知花弾薬庫の毒ガス移送５首

側らに通学路のある弾薬庫草食む山羊をいつも見ていた

在る朝を弾薬移送の通知ありて天願桟橋へトラックの車列

故郷の友の母が移送車に轢かれて死んだ北美小学校前

猛毒ガス漏れた知花弾薬庫抗議集いの私の背後に

恐ろしき猛毒運ぶとも知らず天願桟橋描きしは少女期

「青春返せ　沖縄返せ」

兵士等は夏の暑さをむしゃくしゃとフェンスの中より銃口を向け

アメリカーの事件は露骨に今もある緋桜樹下の女子レイプ遺棄

雑草を摑み抗ひし由美子ちゃん[*]基地無きを誓ふ我らが責と

＊1955年米兵に暴行受け遺棄された当時6歳の永山由美子ちゃん

米基地の犠牲になりし由美子ちゃん・里奈さん・徳ちゃん皆で語らう生きし証を

出ておいで由美子も里奈も徳ちゃんも「青春返せ　沖縄返せ」

肝心（チムグクル）

米軍演習で民家に流弾

通学の子らの頭上をも飛んで行く実弾演習民家に流弾

未だ続く命の恐怖復帰五十年米基地被害に目もくれぬ政府が

中城湾に「キーンソード23」（日米統合演習）

石油基地反対でした岡本先生*「演習」とふ戦が中城湾に

*岡本恵徳先生

中城の海に向かひ「月夜の恋」謡ふ誰かの演習反対

生きてゐた「屋良建白書」下地島に軍機飛ばさぬと米を説得

潰されて潰されて尚沖縄の島に息づく琉球小すみれ

見上げるはマンゴーの花友の七十日入院辺野古の悔しさしきり

春嵐辺野古の友が杖つき来たり優しさ乗せて肝心（チムグクル）乗せて

署名活動

「ミサイル基地反対」署名

月出でておぼろおぼろに月出でて暮れゆく街の署名活動

私も署名係の一人となり路行くモダンの男を諭す

チャリン子は伴なふ母と穏やかに署名し帰る背なの暖かき

非戦への思ひ語りて青年はその指正しくペンを握りぬ

急ぐ人異国の人らも呼び止めて歌ふやうに「戦争はダメヨ」

首振って肩をいからせ去って行きし女の背に平和祈りぬ

急ぐからと逃げた若きにミサイルの反撃攻撃語りやりたき

ＰＡＣ３

宮古島自衛隊ヘリ伊良部方面で墜落

忽然と消えた自衛隊ヘリコプター十名の姿　何処に散りし

何故だらう事故か事件か情報は静かに海底に沈み行くごと

誰かがコソッと言ふ「琉球の龍神さまが飲み込んだ　オキナワイジメ」

歌ってみやう「伊良部トーガニー」　宮古小島の過酷なる人

声響く怒り悲しみ雨の夜の上映「沖縄、再び戦場（いくさば）へ」*

*スピンオフ映画名

スピンオフ45分の上映は～宮古・与那国要塞化の島

イヤナヤツＰＡＣ３がやって来る宮古八重山あの時の嘉手納

ＰＡＣ３来るほど抗議の増してゆく民意わきまへぬ国の愚行は

「要りません」ＰＡＣ３反撃は戦を招く事の意だから

忘勿石の魂消すなマラリアの棄民の歴史八重山の民に

クサトベラ平良好児が蘇る反戦反骨宮古島の歌人

軍靴

ミサイルの逆撃などと南（みんなみ）を要塞化の日本国よ「…住民を守らず」

Jアラートけたたましく鳴るケータイにテレビに北朝鮮（きた）のミサイルが飛ぶ

小さきこの島を楯に戦争を仕掛けるらしきアメリカ傘下の

戦争の終りの見えぬウクライナ・ロシアの人らが死しゆく晩秋

音立てて近づく戦禍まうそこまで悪夢が夜々を軍靴が襲ひぬ

郷友らの芯

うるま市石川に自衛隊の基地建設で住民が国と対立3首

ふるさとに「訓練場」の報じらるジェット機墜落未だ現を

里人の声震はするあの日の悪夢由美子も理奈も訓練兵士(へいし)に殺られ

温厚なる我が故郷が奮ひ立つ二度とあらすな宮森ジェット機事故

自衛隊訓練場建設国が断念4月11日

「断念」の声上げさせたうるま市の郷友(とも)らの芯を我ら学ばむ

「隠密に作てーならん(チュクテー)」強靱なる島言葉(シマクトゥバ)発したデニー知事が

蝶々

慰霊の日父の名なぞる手にふいと風立つ母と連れ立ちて来ぬ

有り難う優しく母を迎へくれし戦(イクサ)なければ共にありしを

泣き声を聞きて育つとふクワーディィサー*「平和の礎」取り巻く緑

*ももたまな

泣きくずれクワディィーサーの葉の揺れを見てゐぬ二十四万余の死者

蝶々（ハベル）飛ぶ四月五月六月の島を襲ひし沖縄地上戦

島人の悲しみ紡ぎ「イクサーナラン・イクサーナラン」と言ひて歩みぬ

＊「戦争はだめだ・戦争はだめだ」

解説　「命（ヌチ）どぅ宝」を辺野古の同志やジュゴンと生きる人

玉城洋子歌集『炎昼（マフックワ）――辺野古叙事詩』に寄せて

鈴木比佐雄

1

玉城洋子氏は二〇二一年に第六歌集『儒艮（ザン）』を、二〇二三年には第七歌集『櫛笥―母―』を刊行し、そして沖縄戦終結から八十年の二〇二五年四月には玉城洋子第八歌集『炎昼（マフックワ）――辺野古叙事詩』が刊行された。「マフックワ」と言えば『沖縄文学全集　第3巻　短歌』の中に玉城氏の代表作として〈木も草も撓（しな）ふマフックワの太陽を食らはんばかり睨む屋根獅子〉が収録されている。また玉城氏が暮らす土地の『糸満市史』の「天文」の中で「マフックワ」については、「夏の午後1時から3時ぐらいまでをマフックワと呼び、農家の人々はその時間帯に畑仕事に出るようなことはない」と記されている。そのような沖縄の真夏の農作業が命に関わるための知恵がこの沖縄語に込められている。玉城氏は引用した短歌の中で、沖縄の屋根獅子は「マフックワの太陽」を睨んで負けないで耐えていると語るほど激しい思いを抱いている。さらにサブタイトルで「辺野古叙事詩」と補足しているのは、辺野古に集まる多くの人びとやそこに生息する生き物たちが、屋根獅子のように炎昼（マフックワ）の中でも命を燃やして闘っている事実を記したいとの願いが込められているのだろう。

第八歌集を紹介する前に第六歌集『儒艮（ザン）』のⅠ「ザン」の初めの方の三首を引用する。

人魚の歌聞こえて来たり若者が下ろすザン網のたゆたふ波間
その昔人魚の声の語らひに辺野古の海のジュゴンの祭り
エメラルド輝く海をジュゴンの遊ぶ詩歌伝へし大浦の波

この短歌の調べや内容について私は、その時の解説文で《かつての漁師の若者が「儒艮」漁をしながらその鳴き声を「人魚の歌」だと聴き取ってしまい、その「儒艮」に恋心を抱いてしまったことを「たゆたふ波間」と表現したのだろう》と語った。多様な生き物たちの息づく辺野古浜や多くのサンゴ礁が生息しジュゴンの餌場になる大浦湾の自然環境が、貴重であることを玉城氏は物語る。また地元民の暮らしにも豊かな恵みを与えてきて、そこから民俗学的で神話詠的な伝承が生まれ、詩歌にも詠われてきた辺野古は、沖縄人の神話の故郷であり掛け替えのないものだと玉城氏は指摘している。

第七歌集『櫛笥―母―』のⅢ「戦争の骨」の「ジュゴン死す」七首の初めの三首を引用する。

ザン＊死んで今帰仁(ナキジン)の浜を打ち上げらる二月風回り(ニングヮチカジマーイ)荒れ狂ふ島　＊ジュゴン
子ら捜し今帰仁の浜に力尽きジュゴンの母親の死骸見つかる
藻を奪はれ海原彷徨ひジュゴンの死骸神います今帰仁求め行きしか

玉城氏はジュゴンの母親の死骸を知った時に、沖縄戦で洞窟(ガマ)の修羅場や戦後の困窮の中で、幼子の自分を守りぬいてくれた母親を失った時と同じように深く嘆き悲しんでいる。「藻を奪われ」て大浦湾を離れて、本島の最北端の辺戸岬を回って、今帰仁まで「子らを捜し」て彷徨いながら息絶えたと言う。この三首を再読すると、玉城氏がジュゴンの母親の命を辺野古周辺の自然環境の象徴だと考えていることが理解できる。そしていつの日かジュゴンの子供たちが戻ってくる自然環境を復活するためには、辺野古基地は不要なのだと語っている。「ジュゴン死す」の次の「連凧」の一首には〈ジュゴンらも亀らも呼んで藻が生えたと祝ふ元旦辺野古海の夢〉とあり、いかにジュゴンの子たちが生き延びていく沖縄の自然環境を守っていくかが最大の課題だと言う。そのためには本当に辺野古海上基地が必要なのか根本的な問いを発している。

2

第八歌集『炎昼（マフックワ）――辺野古叙事詩』は六章に分かれて、三百数十首が収録されている。玉城氏は二十年以上前から辺野古に関する短歌を、主宰する短歌誌「くれない」で発表し続けている。その短歌は先に触れたように第六歌集・第七歌集にも収録されている。その二冊に収録されなかった数多くの辺野古に寄せる短歌が今回の『炎昼（マフックワ）――辺野古叙事詩』にまとめられた。玉城氏の試みに賛同する同人の玉城寛子氏を初め多くの同人たちは辺野古を詠い続けている。同人の作品を集めた特集号の『辺野古を詠う』はすでに第六集を刊行し、社会的にも時代の証言となる文学運動を継続中である。

Ⅰ章「辺野古叙事詩」の冒頭の「人らに会はむ」から始めの四首を引用する。

辺野古の海山を死守する人らに会はむ黒糖持ちて高速に乗る

人の手や腕まで捥げるか特措法「辺野古」の海に集まる心

海に生き愛する人らが寄りて歌ふ辺野古に生れし「二見情話」

辺野古の海二見の山に囲まれ聞く沖縄戦の真相語り

玉城氏の短歌の調べは破調になっても、辺野古に集まる人びとに連帯するために会いたいという思いが溢れている。例えば俳句は三行詩のリズムを内在させ、短歌は五行詩のリズムを作家たちが自らの肉体に内在させていれば、緩やかな定型詩として成立する。それ故に俳句や短歌に感銘を受けて時に心に刻まれてしまうのではないかと私は考えている。

一首目の〈辺野古の海／山を死守する／人らに会はむ／黒糖持ちて／高速に乗る〉は、「6・8・7・7・7」とリズム化されていてかなりの破調の社会詠であり、間違いなく沖縄人の心を代弁している短歌だと思われる。玉城氏は沖縄人の魂の源である「黒糖」を持ち、辺野古を守る同志たちに連帯する強い意志を込めているのだろう。

二首目の〈人の手や腕まで掩げるか特措法「辺野古」の海に集まる心〉は、短歌の調べに法律用語の「特措法」を入れざるを得ない玉城氏や沖縄人の痛切な思いを強く感じる。沖縄だけが地方自治法や憲法の人権の例外であるかのように日本政府は考えてしまうのか。米軍基地の一方的な継続的強制使用や普天間基地の移設のための辺野古を強要し合法化するために、「日米地位協定」や「駐留軍用地特措法」などを駆使して、行政と司法が結託して沖縄の民意を踏み潰している。それを玉城氏は「人の手や腕まで掩げるか」と痛みを喚起させる表現を使い、「駐留軍用地特措法」に身体を張って抗おうとしている人びとと心を一つにしている。二〇一八年八月の翁長雄志知事の死去後の九月の知事選挙では玉城デニー知事が圧勝し、二〇一九年二月の県民投票では七〇％を超える辺野古基地反対の県民の意思表示があったにもかかわらず、日本政府はその方針をまったく変えようとしない。むしろ日米両政府は、「辺野古への移設が普天間基地の危険性除去の唯一の解決策」を頑なに絶対化して、沖縄の米軍基地をさらに強化しているように考えられる。そのような日米政府に対して、玉城氏は『「辺野古」の海に集まる心』を信じてその抗う心の正当性に関して、短歌を通して法の平等を考えている人びとに訴えている。きっと歌人たちの中で玉城氏の短歌は芸術的な短歌ではないと言う人びとがいるだろう。しかしそれは、短歌などの詩歌が時の政権を批判することによって民衆の代弁者となりうる可能性を、自ら放棄することに無自覚であるにすぎないと私は考える。

三首目に出てくる「二見情話」とは、南部で家族二人を失った照屋朝敏が辺野古の二見に避難して、土地の人びとの人情の素晴らしさを作詞作曲した歌だ。今も毎年名護市の桜祭りで「二見情話大会」が行われていて、多くの人に愛されている歌だと言われる。その歌詞は琉歌を男女が掛け合わすような歌詞であり、沖縄語の「8・8・8・6」の四行詩のリズムがいかに歌謡に適しているかを理解できる。沖縄人の哀しみは琉歌となって後世に語り継がれているのだろう。

四首目の「沖縄戦の真相語り」とは、きっと沖縄戦の終結後に作られた「大浦崎収容所」での沖縄戦後のもう一つの悲劇を知らされたのだろう。現在の辺野古のキャンプ・シュワブの中に、飛行場や軍事施設を建設するため、伊江島、今帰仁村、本部町の人びと約三万名が故郷を追われ、「大浦崎収容所」に集められた。収容所とは名ばかりでテントも行き渡らず、地べたに枝木を集めて敷いて寝起きをし、食料も慢性的に不足し、マラリアも蔓延し、多くの人びとが犠牲になったという。しかしその遺骨の調査も基地内なので未だ行われていない。玉城氏の「沖縄戦の真相語り」とは、このような悲劇を暗示しているのだろう。しかし美しい辺野古浜やサンゴ礁の宝庫の大浦湾と、人情が厚い二見の人びとが存在していた辺野古を伝え、詠まざるを得ない玉城氏の切実な思いが伝わってくる。

3

最後にⅡ章「命(ヌチ)どぅ宝」、Ⅲ章「愛(かな)しきジュゴン」、Ⅳ章「炎昼(マフックワ)」、Ⅴ章「普天間包囲」、Ⅵ章「沖縄(シマ)の胆心(チムグクル)」の代表的な短歌を引用したい。

ブイを打つ辺野古の海面に風立ちて「命どぅ宝」と体揺すりぬ

藍透ける海は愛(かな)しきジュゴン棲む人世の愚行神は許さじ

炎昼(マフックワ)の島を揺るがす「ヘリ墜落」人もメディアも抗議の渦に

普天間包囲サケブオラブオツルあめナガキナガキキチトノクラシ

春嵐辺野古の友が杖つき来たり優しさ乗せて肝心(チムグクル)乗せて

玉城洋子氏は炎昼(マフックワ)のただ中で、普天間基地も辺野古海上基地も本来的には存在してはならないと、「沖縄(シマ)の胆心(チムグクル)」の核心である「命(ヌチ)どぅ宝」を辺野古の同志やジュゴンと生きて、屋根獅子のように睨み続けるのだろう。

あとがき

1995年、幼い少女が、米基地所属の兵士3人の暴行を受ける野蛮な事件が起きた。当時の沖縄県知事大田昌秀は、1人の少女を守ってやれなかった悔しさを、抗議集会の壇上で語った。県民抗議集会は8万5000人という未曾有のものとなって、米国をつき動かした。世界で最も危険な基地と言われ、当時の首相橋本龍太郎は、普天間基地の完全撤去を約束した。

ところが、翌年の発表では、普天間基地撤去が「辺野古移設」と変わっていた。あまりに屈辱的な仕打ち。県民は再び怒りを露わに、東京行脚の行動に出た。

沖縄の普天間基地はいらんかねー東京銀座(ぎんざ)に冴す女たちの声

これまでも基地反対の短歌を詠んで来たが、この事件をテーマに2002年、第3歌集『花染手巾(ハナズミティサジ)』を編んだ。掲出歌は、表紙においた1首である。全国的には戦後50年の取り組みで、平和憲法を崩そうとする動きが、露骨になっていた。私は、同僚達と9条を守る行動をしていた。
歌集の反響は少なからずあった。信濃毎日新聞、沖縄タイムス、殊映画「沖縄　うりずんの雨」等のドキュメンタリーに出演する事になって、夢にも思わぬ経験をする事となった。

辺野古の海山を死守する人らに逢はむ黒糖持ちて高速に乗る

38年間の教職を退職し、2005年から、バスを乗り継いでの辺野古行動を始めた。仲間の「紅短歌会」が、新基地反対を一緒になって詠むようになった。20年近く、共に詠い続けて来た『辺野古を詠う』が、2000首を越して、合同歌集も発行された。共感を得る人々と共に、「辺野古新基地反対」の揺るがない信念を形作って来たと思っている。
2017年、「辺野古」に土砂が投入された。理不尽な国のやり方に対し、県民の辺野古基地への賛成、反対を問う署名が行われた。辺野古への県民の思いは「反対」72パーセントにも及んで、国への訴えは十分だったが、国は住民の声など押しのけて不条理な「代執行」という強行策を取り始めた。

出ておいで由美子も里奈ものりちゃんも　沖縄返せ青春返せ

後を絶たない、米兵の女子暴行事件。米軍基地あるが故の事件事故である。

これまでの「辺野古を詠う」約20年、日頃の詠草を1冊にまとめておきたいと思うようになった。模範になる短歌は1首もないが、ただ「辺野古」を守りたい一心で仲間と行動し詠って来た。

世界にも類を見ないと言われる、鉄の暴風が吹いた沖縄地上戦。10万余の住民が犠牲になった。同じ日本人に生まれながら、沖縄だけがいつも犠牲を払わされる。懊悩しながら、自立の道を手探りしてきた沖縄の先達にも思いを馳せた。そして内に秘める肝心（チムグクル）を寄せ合いながら、明るさを忘れず生きて来た人達。三線が生まれ、歌や踊りが生まれ、固い絆を育てて来た。

戦争を担う基地など作らせてなるものか。又と再び戦場などにして死んでなるものか。そんな声がいつもどこからか聞こえて来て、沖縄人としての、心を分かち合いたい手段としての歌集にしたいと思うようになった。

年齢的な懸念もある。行動出来ない日が来ることを覚悟している。

戦後80年。未だ続く米軍基地、その被害は事件事故に止まらず、環境の問題にも派生して、基地反対のうねりは大きくなっている。が、政権はこれまでになく強行になって来た。今は粘り強く、訴え続けるしかない。「辺野古」を勝ち取るまで。非暴力の闘いを。
自分を振り返る事をせずに、突っ走って来たようにも思う。共に歩んで来た仲間や後輩達に、ゆっくり語り合える素材になれば、次へ繋いでいけるだろうと、身の振りを考えた。「辺野古」は必ず返る。二度と戦場などにしてはならない信念を仲間と一緒に持っていたいと思う。辺野古は元の美しい海に還る。それを信じて歌集の上梓を決意した。が、辺野古への遺言書になるやも知れぬ、八十路を迎えている。

今回もコールサック社に、お世話になった。快くお引き受け下さり解説を執筆された鈴木比佐雄代表、編集の座馬寛彦氏に心より感謝申し上げ上げます。

2025年3月

玉城　洋子

著者略歴

玉城洋子（たまき　ようこ）

1944年　沖縄県うるま市（旧石川市）字伊波に生まれる。
1967年　琉球大学文理学部国語国文学科卒業、同年4月国語教師として県立浦添高等学校に赴任。那覇商業高等学校、小禄高等学校、糸満高等学校、南風原高等学校を経て、2005年、那覇商業高等学校にて退職
1982年　第1歌集『紅い潮』（オリジナル企画）
紅短歌会結成
合同歌集「くれない」発行（1～23集）
1989年　第2歌集『浜昼顔』（芸風書院）
1990年　第24回沖縄タイムス芸術選賞・文学・短歌奨励賞
1994年　県教育委員会編『郷土の文学』編集委員
1999年　県文化課『組踊学習』編集委員
2000年　日本歌人クラブ九州ブロック幹事（選者）
2001年　現代歌人協会会員

2002年　高教組『郷土の文学』編集委員
　　　　第3歌集『花染手巾（ハナズミティサジ）』（ながらみ書房）
　　　　歌誌「くれない」創刊（現在通巻250号）
2004年　県教育賞（沖縄県教育委員会）
2005年　第42回沖縄タイムス教育賞（学校教育教科部門）
　　　　「おきなわ文学賞」選考委員（短歌部門）
2005年　「短歌で訴える平和朗読」を実施（第1回〜第15回）
2011年　第4歌集『亜熱帯の風』（紅叢書第23篇）
2012年　第5歌集『月桃（サンニン）』（紅叢書第25篇）
2015年　映画『沖縄　うりずんの雨』（ジャン・ユンカーマン監督）に出演
2019年　石川・宮森ジェット機事故「平和メッセージ」短歌部門選者
　　　　『辺野古を詠う』第6集
2021年　第6歌集『儒艮（ザン）』（紅叢書第35篇）
2022年　第55、56回沖縄タイムス芸術選賞文学部門（短歌）大賞
2023年　第7歌集『櫛笥　―母―』（紅叢書第36篇）
2024年　喜納勝代歌碑建立（糸満市「サバニ広場」）
2025年　第8歌集『炎昼（マフックワ）　――辺野古叙事詩』（紅叢書第37篇）

炎昼（マフックワ）――辺野古叙事詩　玉城洋子歌集
紅叢書第37篇

2025年4月29日初版発行

著者　　　　玉城洋子
〒901-0361　沖縄県糸満市字糸満1200
編集・発行者　鈴木比佐雄
発行所　　　株式会社 コールサック社
〒173-0004　東京都板橋区板橋2-63-4-209
電話 03-5944-3258　FAX 03-5944-3238
suzuki@coal-sack.com　http://www.coal-sack.com
郵便振替　00180-4-741802
印刷管理　（株）コールサック社　製作部

＊装丁　松本菜央

落丁本・乱丁本はお取り替えいたします。
ISBN978-4-86435-636-7　C0092　¥2000E